折り紙のおばちゃん

平本やえこ

文芸社

もくじ

折《お》り紙《がみ》のおばちゃん

「さようなら。またあしたね。」

あちこちでわかれの言葉がとびかい、校門からはじき出されるように子どもたちが出てくる。ランドセルに新一年生がつけている黄色いカバーが目立つひなちゃんも、さきちゃんやまりちゃんといっしょに下校してくる。

「ねえ、家に帰ってから何して遊ぶ?」

ひなちゃんは遊びたくてしょうがない。

「公園に行く?」

「おやつも食べたいなあ。」

さきちゃんはおやつのことが気になるみたいだ。

「それじゃ、おやつを食べてから公園に集まろうよ。」

約束《やくそく》がまとまると三人の足どりも速くなっていく。

ひなちゃんは急いで家のかぎを開けるとドサッとランドセルをおき、すぐかぎを閉《し》めた。お父さん、お母さんはお仕事で、四年生のお兄ちゃんもまだ帰っていない。

ガラッ。

「ただいま。」

近くの折《お》り紙《がみ》のおばちゃんの家の玄関《げんかん》をひなちゃんは開ける。

「お帰り。お上がり。」

すぐの部屋からおばちゃんのいつもの声が聞こえる。

「手を洗《あら》っておいで。おやつだよ。」

今日のおやつは何かなと、ひなちゃんはそわそわ。

「あっ、蒸《む》しパンだ。湯気《ゆげ》が立ってる。食べてもいい？」

さっそくほおばりながら、

「うーんおいしい。おばちゃんが作ったの？」

「もらった粉《こな》があったからね。おいしくてよかったよ。何だか急いでいるね。」

「うん、おやつを食べたら、さきちゃんたちと公園で遊ぶんだよ。」

なんとひなちゃんは蒸《む》しパンをあっという間に二つも食べてしまった。

「ねえおばちゃん、今度かぶとの折《お》り方《かた》教えて。」

「端午《たんご》の節句《せっく》だね。」

「端午《たんご》の節句《せっく》って？」

「今はこどもの日だけど、昔は男の子が元気に大きくなるように祝《いわ》う日だね。」

「それでかぶとなんだ。それじゃおばちゃん、公園でさきちゃんたちと遊んでくる。」

それから間もなくおばちゃんの家の玄関《げんかん》に小さな靴《くつ》がならんだ。そして三人の女の子はおばちゃんの机《つくえ》をかこんでいる。おばちゃんはずっと長い間車いすで過《す》ごしているので、机《つくえ》が大事な仕事をするところだ。机《つくえ》の引き出しから折《お》り紙《がみ》を出しておばちゃんはみんなに好《す》きな色をとらせた。

「かぶとはね、まず折《お》り紙《がみ》を三角に折《お》るよ。とんがったところを下にしてね。きちんと二枚《まい》合わせてね。」

みんな真剣《しんけん》にずれないように折《お》っている。

「きちんとできたね。次に右と左の角《かど》を下のとんがったところに合わせるよ。おばちゃんのをよく見て。そしたら合わせたところを半分折《お》りかえす。こっちも。」

おばちゃんはみんなのを見回しながら進めていく。三人はおばちゃんの手元を見ながら何とかまねをしていく。だんだんでき上がっていく。

「さあ最後《さいご》にこの三角のペラペラを中に入れてでき上がりだよ。」

「できた、できた。」

まりちゃんは人差《ひとさ》し指《ゆび》の先にかぶとを入れて、かわいいなあとつぶやく。

その夜、晩《ばん》ごはんを食べ終え、おふろに入って寝《ね》るばかりとなったひなちゃんは、とつぜんお母さんに聞いた。

「ねえお母さん、何か大きな紙《かみ》がないかな。」

「大きな紙《かみ》？　何に使うの？」

「きょうね、折《お》り紙《がみ》のおばちゃんにかぶとの折《お》り方《かた》を教えてもらったんだ。だから大きな紙《かみ》があるとお兄ちゃんがかぶれるかぶとが作れるんだけどなあ。」

「新聞紙《しんぶんし》でもできるけど、この間とっておいた包《つつ》み紙《がみ》はどうかな。」

お母さんは包《つつ》み紙《がみ》をとり出してきて、ひなちゃんが作りやすいように真《ま》四《し》角《かく》に切ってくれた。自分で作ってきたのを見たり教えてもらったことを思い出しながら、ひなちゃんは大きなかぶとを折《お》りあげた。

次の日、そのかぶとはお兄ちゃんの頭の上にのっかった。その下に照《て》れたようなお兄ちゃんの顔があった。

折《お》り紙《がみ》のおばちゃんは、今日も机《つくえ》の上に端切《はぎ》れや裁縫箱《さいほうばこ》を広げ何かを作っている。机《つくえ》の上にはかわいいお人形や野菜《やさい》がならんでいる。

「折《お》り紙《がみ》のおばちゃぁん。」

外でかわいい子どもの声がする。まどを開けたおじさんに、三歳《さんさい》になったばかりの由美《ゆみ》ちゃんを連《つ》れたお母さんが笑《わら》いながら話しかけてきた。

「おばちゃんのところに行きたいと言うもので。」

「よっていったら。」

上がりこんできた由美《ゆみ》ちゃんとお母さん。

「由美《ゆみ》ちゃん、元気だね。今日は何を折《お》ってあげようかな。」

やりかけの物をかたづけ、おばちゃんは引き出しから折《お》り紙《がみ》をとり出しせっせと折《お》りはじめた。由美《ゆみ》ちゃんは、くるくる動くおばさんの指先をじっと見ている。

やがて折《お》った物を口もとに持っていってふうと息をふきこむとふくらんできた。

折り紙のおばちゃん

「ほら、ふうせんだよ。ポンポンしてごらん。」

ふうせんは由美《ゆみ》ちゃんの小さな手のひらで上下し、お母さんの手のひらにも渡《わた》った。もう由美《ゆみ》ちゃんの目はふうせんを追うのにいそがしい。

「ほうら。」

おばちゃんは、赤や緑のふうせんも由美《ゆみ》ちゃんの手にのせた。

朝から雨がしとしと降《ふ》っている。学校が終わってもやみそうにない。

「気をつけて帰ってね。」

先生の声をせなかで聞きながら、ひなちゃん、さきちゃん、まりちゃんはかさをさして歩き出した。

「こまっちゃうね。ずっと雨が降《ふ》っているから外で遊べないよ。」

「どうする。」

「どうしよう。」

「ねえ、折《お》り紙《がみ》のおばちゃんのところに行こうよ。」

「この間、何を折《お》ったっけ。」

「風ぐるまだよ。くるくる回ったよ、わりばしにつけてもらって。」

「いろいろな色で折《お》るときれいだね。」

ひとあし先に行ったひなちゃんは、おばちゃんからもらったせんべいをポリポリ食べながら、

「さきちゃんとまりちゃんもやって来るよ。また折《お》り紙《がみ》教えて。」

とたのみこんだ。

三人そろったところでおばちゃんは言った。

「今日はちょっとむずかしいけど、つるを折《お》ってみようよ。」

「つる?」

「昔おばちゃんが小さいころ、大きな戦争《せんそう》があってね。爆弾《ばくだん》を浴《あ》びて病院に入っ

ていた小学生の女の子が、元気になりますようにとつるを折《お》りはじめたんだって。千羽折《お》るとねがいがかなうと思って一生懸命《いっしょうけんめい》にね。でもとちゅうで亡《な》くなってしまったのね。ずっと生きていたらおばちゃんぐらいの年かな。」

「へえ、かわいそう。」

三人の悲しげなまなざしにおばちゃんもおどろいた。

それじゃやってみようか、といつものように机《つくえ》の引き出しから折《お》り紙《がみ》をとり出した。ひなちゃんは緑色、さきちゃんは青色、まりちゃんは銀色、先生のおばちゃんは紫色《むらさきいろ》。

「まず折《お》り紙《がみ》を三角に折《お》るよ。角《かど》をきちんと合わせてね。折《お》ったところはつめでピーとおさえてね。それからまた半分に折《お》って三角にするよ。そしたらおくに人《ひと》差《さ》し指《ゆび》を入れてこのように開いてまた角《かど》を合わせる。うらがえしにして同じことをする。ほら真四角《ましかく》になったでしょう。下がペラペラになっているかな。」

おばちゃんは、ゆっくりやって見せながら三人の折《お》り方《かた》に目を配る。

折り紙のおばちゃん

「ペラペラになっている。」

「角《かど》を合わせるのがむずかしいね。」

「ペラペラの方を真《ま》ん中《なか》まで折《お》るよ。うらがえしにして同じように折《お》る。そして
ペラペラでない上の方の三角を真《ま》ん中《なか》まで折《お》る。」

おばちゃんの手元を見ながら三人は小さな指を動かす。

「さあちょっとむずかしくなるよ。さっき折《お》ったところを元にもどしてペラペラ
を上に持っていって折《お》った線のところまで折《お》る。もう片方《かたほう》も同じようにね。」

「できた、できた。これでいいかな。」

「うまくできないよ。」

どれどれ少してつだおうかなと、おばちゃんの助けが入る。

「だんだん形になってきたよ。二つに分かれているペラペラのところをまた真《ま》ん
中《なか》に折《お》ってごらん。細くなってきたでしょう。うらをかえして同じように折《お》る。

さあ、後は羽《はね》になるところと首やくちばしになるところ、尾羽《おばね》になるところをこ

のように折《お》ればでき上がりだよ。最後《さいご》にふうせんみたいにここをふくらませてね。ほら。」

「おばちゃんの手、まほうみたい。できないよ。」

ひなちゃんがさけぶ。どれどれくちばしのところは細いからぐちゃぐちゃになっちゃうね、とおばちゃんは直していく。それを見ていたさきちゃんやまりちゃんも、こうかなと、まねていく。

「あら、できたじゃない。」

おばちゃんはちょっと曲がっているところを直しながらほめる。三人はふうっとふくらまし、自分のはじめて折《お》ったつるを手のひらにのせてみる。

「つるだ、つるだ。とんでいるみたい。」

さきちゃんが立ってくるくるおどりはじめるとひなちゃん、まりちゃんもくるくる回る。

「今までで一番むずかしかったね。お母さんに早く見せたいな。」

「よくがんばったね。」

いつの間にかおじさんもニコニコ見てくれている。

それから何回もひなちゃんたちはおばちゃんのところでつるを折《お》った。

「上手にきれいに折《お》れるようになったね。」

おばちゃんも目を細めて三人をながめている。


ひなちゃんの家の机《つくえ》の上には金色や銀色や色とりどりの折《お》りづるがならんでいる。大きいのも小さいのもある。折《お》り紙《がみ》が楽しくなっていったひなちゃんに、おばちゃんはペンギンやカラス、セミやホタルも教えてくれた。ひなちゃんの机《つくえ》の上や本だなにそれらがならべられた。お父さんやお母さん、お兄ちゃんもおどろいたりほめてくれたりした。

「おばちゃんって何でも折《お》り紙《がみ》でできるんだね。」

折り紙のおばちゃん

日が長くなってくると外で遊ぶことが多くなってきて、あまりおばちゃんのところによらなくなってきた。はじめての運動会や遠足で学校のほうもいそがしくなってきた。ひなちゃんやさきちゃん、まりちゃんの頭の中から折り紙《おがみ》のことはすっかり遠のいてしまったようだ。

「このごろひなちゃんたちが来なくなったね。外での遊びや学校にいる時間が長くなったかな。」

手を動かしながらおばちゃんはおじさんに話しかけている。

「そういえばこの前、公園でたくさんの子どもが遊んでいたなあ。」

おばちゃんはつるし雛作《びなづく》りにいそがしい。布《ぬの》の端切《はぎ》れで人形などを作って、つるすタイプの雛飾《ひなかざ》りで、型紙《かたがみ》に合わせて布《ぬの》を切り、縫《ぬ》い上げたらそれをうらがえしにして中に綿《わた》をぎっしりすみずみまでつめて縫《ぬ》い合わせる。目鼻をつけたり着物を着せたりしてひとつずつ仕上げていく。細かい仕事の連続《れんぞく》で気がぬけないが、何だかおばちゃんは楽しみながら針《はり》を動かしているようである。机《つくえ》の上にはでき上がっているにんじん、大根、まり、あさがお、かめがならんでいる。ひとつのつるし雛《びな》が完成《かんせい》するにはまだまだたくさんの仕事がある。

そんななか、近くの美容室《びようしつ》の水沢《みずさわ》さんがやってきた。

「この間、実家に行ったら、亡《な》くなった母のタンスから着なくなった着物やいろいろな端切《はぎ》れがでてきてね。前々から気になっていたのだけれど少し整理《せいり》したの。それで、もしよかったら使ってもらえるかなと思って、てきとうに持ってきたんだけど。」

水沢《みずさわ》さんはおばちゃんの前にいくつも布《ぬの》を広げた。

「まあ上等《じょうとう》なものばかり。」

と、おばちゃんは手に取りながらこれは何織《なにおり》、これは何染《なにぞめ》とさすが着物をたくさん縫《ぬ》ってきただけにくわしい。

「役にたつものはありますか。」

おばちゃんはあれこれイメージができたようで、うなずきながら布《ぬの》に見入って

折り紙のおばちゃん

いる。

大分たってから、水沢《みずさわ》さんのお店に大きなつるし雛《びな》がかざられ、まわりが明るく華《はな》やかになった。水沢《みずさわ》さんの持ってきた布《ぬの》があちこちに使われている。水沢《みずさわ》さん家族のおどろきとよろこびといったらなかった。わが家の家宝《かほう》になりますよ、と。

あちこちの家宝作《かほうづく》りにおばちゃんはがんばり過《す》ぎたらしい。元気がなくなり、寝《ね》こむ日がつづいた。

そんな話をお母さんから聞いたひなちゃんは、心配になってきた。

「お母さん、どうしたら折《お》り紙《がみ》のおばちゃん元気になるかな。」

「そうね。さきちゃんたちとお手紙でも書いてみる?」

「あっ、そうだ。お手紙に絵を描《か》いてみたい。」

さっそくひなちゃん、さきちゃん、まりちゃんは、お休みの日に集まった。ひなちゃんの家の居間《いま》のテーブルに紙《かみ》を広げ、三人はもくもくと何か書きはじめた。

おりがみのおばちゃん
ぐあいがわるいときいてしんぱいしてます。
はやく元気になってください。
ひなさより

それから何の絵を描《か》こうか、ひなちゃんは少しまよったが、決まると色えんぴつがスラスラ動く。さきちゃんやまりちゃんのえんぴつの音も聞こえる。手作りのふうとうにお手紙を入れて、三人はホッとする。

お母さんが作ってくれた小さなコスモスの花束《はなたば》と手紙を持って、三人はおばちゃんの家の玄関《げんかん》に立った。出てきたおじさんはびっくりしたようで、

「よく来たね。おうい、ひなちゃんたちがお見舞《みま》いに来てくれたよ。」

と、となりの部屋《へや》のほうに大きな声で言った。そして、おばちゃんのベッドに三人を案内《あんない》した。

「おばちゃん、だいじょうぶ?」

と、のぞきこむように口々に言い、「これ」と、持ってきたお花と手紙をぎこちなくさし出した。おばちゃんは弱くほほえみながら、

「よく来てくれたね。お手紙とお花まで。ありがとう。お手紙はゆっくり読ませてもらうよ。早く元気にならなくちゃね。寝《ね》ていても手だけは動かしているんだよ。」

「ええっ、何を作っているの。」

「これを組み合わせると何ができるかな。」

おばちゃんは、細長く同じ大きさにきれいに切られた広告《こうこく》の紙《かみ》をひっくりかえして折《お》りながら、小さな三角形にしていく。早く動くおばちゃんの手先に、三人の目は釘《くぎ》づけになった。

「ほら、最後《さいご》はこんなふうになるんだよ。」

おばちゃんのそばのテーブルには、小船《こぶね》がある。それらは、三角に折《お》られた形の物がさしこまれたり組み合わせられたりしてできている。その船にお客さんが乗り、一番後ろで船頭《せんどう》さんが船をこいでいる。お客さんも船頭《せんどう》さんもそれぞれ頭にかぶっている笠《かさ》もみんな三角である。

おばちゃんは寝《ね》ていても手先を動かし面白い物を作るんだよと、ひなちゃんはお母さんに報告《ほうこく》した。

師走《しわす》に入り、ひなちゃんのお母さんは、折《お》り紙《がみ》のおばちゃんが入院しているという話をおじさんから聞いてきた。高い熱がつづき、ごはんも食べられないという。車いすのおばちゃんがずっと通っている病院は、少し遠いところにある。でもおじさんは毎日車でお見舞《みま》いに通っているという。

「何かおてつだいすることはあるかしら。」

ひなちゃんのお母さんはおじさんに声をかけた。

「だいじょうぶですよ。おかげさまで少しずつよくなっているようですから。」

また、ひなちゃん、さきちゃん、まりちゃんはお手紙を書いて、おじさんに持って行ってもらうことにした。絵もたくさん描《か》いてある長いお手紙。おばちゃん、笑《わら》ってくれるといいなあ、と思った。

おばちゃんの希望《きぼう》で、暮《く》れからお正月は家に帰って過《す》ごすという。おばちゃんの家の前庭にたくさんの赤や橙《だいだい》の実をつけ、緑濃《こ》い葉にかこまれた千両《せんりょう》がしげっている。ひなちゃんは、お母さんといっしょにその花をもらいにいった。お母さんがお正月の飾《かざ》り花《ばな》に使うという。

「たくさん切って持っていくといいよ。」

と、おじさんは言ってくれた。おばちゃんもまどから顔を出した。

「ひなちゃん、入院中にお手紙をくれてありがとう。おばちゃん、何回も読んだよ。」

何だか照《て》れくさそうに、よかったと、ひなちゃんは応《こた》えている。やせて、声も弱々しいおばちゃんに、

「お正月ゆっくりして、早く元気ないつものおばちゃんになってね。」

とはげまし、もらった千両《せんりょう》を手にして帰ってきた。

それからまたおばちゃんは病院に戻《もど》ったと、おじさんから聞くことになった。それを聞いたひなちゃんは、お母さんに相談《そうだん》した。

「また、まりちゃんたちとおばちゃんにお手紙を書きたいなあ。」

お母さんは、少し考えたようだが、

「お手紙といっしょにつるをみんなで折《お》ったらどうかしら。千羽《せんば》づるを。おばちゃんにつるの折《お》り方《かた》を教えてもらったでしょう。ねがいごとがかなうというから。」

と、もちかけた。ひなちゃんの顔がパッとかがやいた。

「うんうん、みんなでつるを折《お》りたい。」

ひなちゃんはお母さんといっしょに、まりちゃんやさきちゃんだけでなく美容《びよう》室《しつ》の水沢《みずさわ》さんや近所の人たちにもおばちゃんとつるの話をして、折《お》ってもらうことにした。

ひなちゃんの家では、夕食後のしばらくの時間につるを折《お》った。どれどれと、お父さんやお兄ちゃんにも教えてあげて、加《くわ》わってもらった。おばちゃんからひとつひとつ折《お》り方《かた》を教わったつるを、今度はひなちゃんがお父さんやお兄ちゃんに教えている。また元気になったおばちゃんから、ボンボン飾《かざ》りや動物、花の折《お》り方《かた》を教わりたい。ひとつひとつのつるを折《お》りながら、ひなちゃんはその時の風景《ふうけい》を思い描《えが》いている。

おばちゃんの家の前を通る。しんと静まりかえったようで、ガラガラと玄関《げんかん》の戸を開けてはいけない気がした。

一週間がたち、二週間がたち、一カ月がたった。ひなちゃんたちの折《お》ったつるをお母さんがきれいにまとめてくれている。やっと半分の五百羽になった。

「おばちゃんの病気、少し良《よ》くなったかな。」

ひなちゃんは、心配げにお母さんに聞いてみた。

「おじさんが、毎日病院に行っているみたいだけど、あまりいいお話は聞けないわね。」

話すお母さんも、聞いてるひなちゃんも、気持ちがしずんでしまう。

折《お》りづるもだんだん千羽に近づき、少しずつ春の足音が聞こえてくる三月。おじさんから悲しいお知らせがとどいた。おばちゃんが亡《な》くなったと。いっぱいいっぱいねがいをこめてつるを折《お》ったのに。ひなちゃんは、つるを手にとってポロポロ泣《な》いた。

棺《ひつぎ》の中のおばちゃんは、つるでかこまれている。そして、つるといっしょに遠くへ旅立った。

もうすぐひなちゃんやさきちゃん、まりちゃんは二年生になる。新しい一年生が入学してくるから、お姉さんになるかな。

折《お》り紙《がみ》のおばちゃんのことを思い出すと、なみだが出てくる。

「おばちゃぁん、お空からひなたちのこと、ずっとみていてね。」

やえばあちゃんと自転車《じてんしゃ》

「まあ、よく食べたね。おいしかったよ。」

やえばあちゃんは、バーベキュー後のテーブルの上のお皿をかたづけながらつぶやいている。向こうのほうでは、お肉や野菜《やさい》を焼《や》いてくれた父ちゃんが、網《あみ》や炉《ろ》を水道場に運んでいる。かずじいちゃんといえば、残《のこ》った炭を火消し壺《つぼ》の中に入れている。もうおなかいっぱいになってそのへんをとび回っていたちょこちゃんは、かずじいちゃんに何かたのんでいるようだ。

「ねえ、じいちゃん。じで行こうよ。」

「これが終わってからね。」

じでとは、自転車《じてんしゃ》でひと回りしてくることで、自転車《じてんしゃ》に乗れるようになったち

ょこちゃんは、かずじいちゃんとあちこち回りたくてしょうがない。

「みんなひと休みするのに、ちょこちゃんは元気がいいね。」

と、やえばあちゃんはあきれ顔。それにしても学校に上がる前に自転車《じてんしゃ》に乗れるとはめぐまれすぎているよ、と自分の遠い昔を思わずにはいられなかった。


やえばあちゃんは、五人きょうだいのすえっ子で、何でも姉ちゃんのお下がりばかり。新しい靴《くつ》がほしいよ、と母ちゃんに泣《な》きついたが、まだはけるよ、というひとことであきらめるしかなかった。

父ちゃんや兄ちゃんが乗っている黒い大きな自転車《じてんしゃ》と、それよりひと回り小さな黒い自転車《じてんしゃ》が納屋《なや》に止めてあった。母ちゃんにたのまれて、兄ちゃんや姉ちゃんは自転車《じてんしゃ》に乗ってお使いに行くこともある。友だちと遊びに行くこともある。でも、小さなやえばあちゃんだけ自転車《じてんしゃ》に乗れない。

「早く自転車《じてんしゃ》に乗れるようになりたあい。」

小学二年生になった小さなやえばあちゃんの気持ちは、ふくらんでいった。となりのけいこちゃんも、もう乗りまわしている。

そんなある日、早く学校から帰ってきた小さなやえばあちゃんは、家にだれもいないことに気づいた。ランドセルをおいて、ただいま、とさけんでも返事《へんじ》がない。そうだ、自転車《じてんしゃ》乗りの練習をしよう。ひらめくが早いか、もう小さいほうの黒い自転車《じてんしゃ》を引っぱり出していた。

自転車《じてんしゃ》のそばに立って、ようやくハンドルに手がとどく。よいしょと支《ささ》えを外《はず》すと、自転車《じてんしゃ》の重みがのしかかってくる。けんめいにハンドルを持って、タイヤを動かしていく。ソロソロユラユラ。そのまま道路に出たが、下ばかり見ている。自動車《じどうしゃ》がほとんど通らなかったからよかったけど。手や体全体に力が入りつかれはてた小さなやえばあちゃんは、へとへとになって自転車《じてんしゃ》を元のところにもどした。

でも、それにこりる小さなやえばあちゃんではなかった。自転車《じてんしゃ》を動かしていくうちに、ペダルに左足をかけ、右足で地面をけっていたのだ。走り出すと面白い。が、調子にのっているといきおいが止められず、自転車《じてんしゃ》がたおれ、自分がその上にたおれこみ、痛《いた》い目にあってしまう。ひざこぞうにかさぶたができたが、自転車《じてんしゃ》に乗りたい気持ちは強くなっていくばかり。

「ねえ兄ちゃん、自転車《じてんしゃ》に乗れるように後ろを持っていてよ。」

と、大きな兄ちゃんにおねがいした。兄ちゃんはおどろいた顔をしたが、よし練習しよう、と広い道路に連れ出した。小さなやえばあちゃんは、とてもサドルには乗れないので、ハンドルを持ったら右足を三角の間から向こうのサドルにおき、後ろの荷台《にだい》を支《ささ》えている兄ちゃんのかけ声で左足をこちらのサドルにおいて力いっぱいふみこんだ。ハンドルが左右にゆれ、自転車《じてんしゃ》もゆれながら、ゆっくり走り出した。ペダルをしっかりこぐんだ、と後ろから声がとんでくる。兄ちゃんが手をはなすと、あああ、たおれてしまう。何回も何回もくりかえし兄ちゃんの

支《ささ》えがつづいたが、ひとりでは自転車《じてんしゃ》を進めるところまではどうしてもいかない。

ところが、その時がとつぜんやってきた。小川にかかった木の橋をわたろうとして、兄ちゃんの、ペダルを早くこげ、を体を全部使ってやっていたら、自転車《じてんしゃ》がたおれないで前に進む進む。乗れるようになったよ。小さなやえばあちゃんは、もううれしくてみんなに自慢《じまん》してふれ回りたかった。

「じいちゃん、早く行こうよ。」

ピンクの自転車《じてんしゃ》に、ピンクのヘルメットをかぶったちょこちゃんは、かずじいちゃんのしたくを待っている。

「交差点《こうさてん》が多いから、気をつけてね。ゆっくりよ。」

やえばあちゃんは、ふたりに声をかける。

「それでは、町探検《まちたんけん》に行きますか。出発進行《しゅっぱつしんこう》。」

かずじいちゃんのかけ声とともに自転車《じてんしゃ》が動き出し、その後ろにちょこちゃんのピンクの自転車《じてんしゃ》がついていく。

純《じゅん》ちゃんの夏

ぼくは、時々家族といっしょに横浜《よこはま》から相模原《さがみはら》のおじいちゃん、おばあちゃんのところに行く。赤ちゃんのころからずっとだ。ここに来るといつも出かける大《だい》好《す》きな場所がある。淵野辺公園《ふちのべこうえん》だ。乗りはじめた自転車《じてんしゃ》の練習をよくしていたなあ。

お正月には、公園でたこあげをした。ぼくよりお父さんやおじいちゃんたちの方が一生懸命《いっしょうけんめい》だったけど、なかなかたこは冬の青空には泳いでくれなかったよ。銀河《ぎんが》アリーナでのスケートもおじいちゃんがすすめてくれ、お父さんやお母さんのコーチで何度もしりもちをついたり前に転んだりしながら、ようやく歩けるようになった。スイスイすべったりクルクル回ったりしている人を見ながら、たくさん練習したいなあ、とおじいちゃんに話している。

おばあちゃんは、毎日夕方になると公園にジョギングに行くという。おばあちゃんも公園が大好《だいす》きなんだ。

学校に上がって二回目の夏休みに、ぼくはひとりで相模原《さがみはら》のおじいちゃんちに泊《と》まりにきた。

少し涼《すず》しくなった夕方に、おばあちゃんにさそわれて公園に出かけた。中に入るとセミの声におどろく。公園全部が、ジージーミーンミーンとセミの大合唱《だいがっしょう》につつまれている。毎日のように走っているおばあちゃんにはかなわないが、おばあちゃんは、ぼくに合わせてゆっくり走ったり歩いたりしてくれる。セミたちがなんだか応援《おうえん》してくれているようでやる気が出てくる。

ひばり球場《きゅうじょう》のところをぐるりと回ると後ろから人のかけてくる足音がする。と、次の瞬間《しゅんかん》にさっと横から前のほうに外国の若い男の人と女の人がならんでかけぬけていった。首の後ろにあせが光っている。せなかがだんだん遠くなっていく。広場にやって来ると、だれかがこちらに向かってさけんでいるようだ。

「柏木《かしわぎ》さあん。」

手をふっている女の人におばあちゃんは近づいて行き、何か笑《わら》いながら話しているが、ぼくの方を見て拍手《はくしゅ》してくれている。

「純《じゅん》ちゃん、がんばってついてきたね。」

おばあちゃんが時々公園で会うお友だちの野口《のぐち》さんだ。あせがドッとでる。野口《のぐち》さんにはげまされ、またおばあちゃんと走りはじめる。左の方に芝生広場《しばふひろば》が広がっていて、小さな子どもがかけまわっている。近くで虫とりかごを肩《かた》からかけて、大きな捕虫網《ほちゅうあみ》をふりまわしている男の子がいる。

「何かつかまった?」

「ぜんぜんつかまらないよ。木の高いところにセミがいるんだもの。さっきちょっとどんだけど。」

ぼくもあまりセミとりしたことがないから、コツがわからないよ。ぬけがらを集めたことはあるけど。じゃあ、がんばってね、と男の子に言って、先に行ったおばあちゃんを追いかけた。大きな遊具のところで待っていたおばあちゃんは、

「きょうはアスレチックで遊ばないの？」

と言ってくれたが、走りつづけたかったので、またおばあちゃんの後についていった。

どこでセミが鳴《な》いているのだろう、と声のする方を見上げながら走ったが、すがたはわからない。大きな桜《さくら》の木からもジリジリ聞こえてきたけど。

右の方に高校のグラウンドが見えてきた。暑《あつ》くても野球の練習をしているお兄ちゃんたちがいる。大きな声を出し、とても体が動いている。あと少しでまた公園の入り口に着く。

「純《じゅん》ちゃん、よく走ったね。つかれたでしょう。」

純ちゃんの夏

と、おばあちゃんはベンチにすわりながら水筒《すいとう》のお茶をぼくにさし出してくれた。

「あせもいっぱいかいたね。」

そう、せなかがびしょびしょになっている。おばあちゃんがタオルであせをぬぐってくれた。

セミの大合唱《だいがっしょう》に送られて、おばあちゃんと家に帰った。とちゅうの桜並木《さくらなみき》のセミも元気がいい。

おふろに入ってごはんを食べ終えると、もうねむくてしょうがない。いつもはおじいちゃんとゲームをしたり将棋《しょうぎ》をしたりするのに、今日はまっすぐベッド行きだ。

今度はひとりで公園を走ってみよう。おじいちゃんやおばあちゃんが心配したけど、もう何回も行ったからだいじょうぶ。

純ちゃんの夏

ようやく入り口に着いたぞ。やっぱりセミの鳴き声がすごい。

コースを走りはじめてしばらくすると、桜《さくら》の木からふんわりと大きなセミが降《お》りてきて、

「ようこそ純《じゅん》ちゃん。これからセミの国へごあんないしましょう。」

と、話しかけてきた。ぼくはびっくりして、後ろにさがってしまった。

「この公園で一番大きく歌っているのは、われわれアブラゼミですぞ、ジリジリジリジリ。ほらほら仲間《なかま》も集まってきましたよ。」

「こんにちは、こんにちは、こんにちは。純《じゅん》ちゃん聞いてください、われわれの歓迎《かんげい》の歌を。ジリジリジリジリジリジリジリ。ジリジリジリジリジリジリジリジリ。ジリジリジリジリジリジリ。」

「どうです、純《じゅん》ちゃん、すごい迫力《はくりょく》でしょう。」

鳴き声が大きくなったり小さくなったりしながら、桜《さくら》の幹《みき》にはたくさんのアブラゼミが羽をふるわせている。

「何をおっしゃるアブラゼミさん。一番の歌い手は、われわれミンミンゼミでしょう。負けてはいられませんよ、鳴き声の大きさも。さっきお母さんと通った小さな男の子も、あっ、ミンミンゼミがいっぱい鳴いている、と話しかけていましたよ。」

「そうですとも。われわれこそセミの中のセミ。一番の人気者ですよ、純《じゅん》ちゃんもおわかりでしょう。ミーンミーンミーンミーンミーンミーンミーンミーンミーンミーン。ミーンミーンミーンミーン。」

ぼくがふりむくと、けやきの木にとまっていたミンミンゼミが前よりも大きな声をはり上げている。

「しずかに。しずかあに。」

どこからか大きな声がひびいてきた。ミンミンゼミが鳴きやみ、ぼくも声のするほうをさがす。

「このわたしたちの、どこにもないすてきな声を忘《わす》れてはいけませんよ、よく耳をすませて。オーシツクツク。オーシツクツク。オーシツクツク。オーシツクツク。」

と、聞こえてくるではありませんか。

「お待たせしました。ツクツクボウシの登場《とうじょう》ですよ。わたしたちはアブラゼミさんやミンミンゼミさんのような大合唱《だいがっしょう》ではありませんが、名前も鳴き方もかわいい、とみんな言ってくれて。」

「かわいいんです。すてきなんです。オーシツクツク。オーシツクツク。オーシツクツク。オーシツクツク。オーシツクツク。」

ぼくは、あちこち見上げたりふりむいたりいそがしく動きまわり、耳をはたらかせていると、まったくちがう鳴き声が聞こえてくる。

「あらら、わたしたちもいますよ。ミンミンゼミさんやアブラゼミさんのようにおおぜいはいませんが、一度わたしたちの鳴き声を聞くと、もう耳にしみつくんです、カナカナカナ。」

「そうです、そうです。わたしたちには、とてもあついあついファンがいるんで

すから。この鳴き声が公園の中にひびくと、歩いている人が立ち止まって聞きほれてしまうんですよ。カナカナカナカナ。カナカナカナカナカナカナカナカナ。」

「ほらほら、向こうのほうに、どこで鳴いているのかな、とさがしている人がいますよ。」

ぼくの頭の中は、ジリジリジリジリ、ミーンミーンミーン、オーシックツク、カナカナカナカナカナカナカナカナカナ、とこんがらがってきた。そこに、

「さあ、セミの王国の王様と言えば?」

と、アブラゼミさんが問いかけてきた。

「それは、純《じゅん》ちゃんにきめてもらうことにしますかな。」

と、またアブラゼミさんは自信《じしん》ありげに言っている。

「もうきまっていますよ。美しいわたしたちが一番ですよ。カナカナカナカナカナカナカナカナカナ。」

「いや、話しかけるようなわたしたちですよ。オーシックツク。オーシックツク

オーシツクツク。」
「追いかける歌のようなわれわれだ。ミーンミーンミーンミーンミーンミーンミ
ーンミーンミーン。」
さあ、どのセミもゆずらない。ついにいっせいに鳴き出したからたまらない。
ジージー　ミーンミーン
オーシツクツク　オーシツクツク　カナカナ
ジージー　ミーンミーン
オーシツクツク　オーシツクツク　カナカナカナカナ
ジージー　ミーンミーンミーン
オーシツクツク　カナカナカナカナカナカナカナカナ……

頭をかかえ、両手で耳をふさいだ純《じゅん》ちゃんは、たまらずさけんで起き上がった。

「うるさあい。」

「純《じゅん》ちゃん、だいじょうぶかい。何か夢《ゆめ》でもみていたのかな。」

となりで寝《ね》ていたおじいちゃんは、少しおどろいて言った。

「ぼく、たくさんのセミにかこまれて鳴き声 競《きょう》争《そう》の審《しん》判《ぱん》をたのまれたんだよ。とてもこまったよ。」

「セミの鳴き声 競《きょう》争《そう》?」

「うん。でも何だか面白かったなあ。」

純《じゅん》ちゃんの公園通いがつづいた。

翔《しょう》太《た》とカマキリ

朝休み

ぼくは旭《あさひ》が丘《おか》小学校の三年生。名前は飯山翔太《いいやましょうた》。

学校の一日は朝休みのドッジボールではじまるよ。教室にランドセルをおいたらいちもくさんに校庭にかけ出すんだ。ぼくが一番早くにきた時は足でずっとコートをかいてみんなが集まるのを待っているけど、いつもは高津《たかつ》君や原《はら》君や山田《やまだ》君や浅井《あさい》さん、林《はやし》さんたちがボールを投げ合っている。

けっこうぼくの球は強いんだ。ひとり残《のこ》ってねらわれにげまくることもあるよ。体があつくなってくる。いいところでチャイムが鳴り、そこでゲームはおしまい。

ぼくは七人きょうだいの四番目。兄ちゃんや姉ちゃんにあれこれ命令《めいれい》され、妹や弟に泣《な》かれたりで、朝早く学校に来たほうがいいよ。ドッジボールで投げたり走ったりしているといやなことも忘《わす》れちゃう。

国語の時間

ぼくは勉強が苦手でたいくつしちゃうんだ。

本読みがはじまった。籾山《もみやま》とも子《こ》先生が「。読み」で読むように言い、前の列から順番《じゅんばん》に読み出した。ぼくの順番《じゅんばん》が回ってきたけど、どこを読むのかな。となりの席《せき》の麻衣《まい》ちゃんが小さな声で、

「ここだよ。」

と指でなぞってくれた。ぼくはそのところをつっかえつっかえ読んだ。漢字のところも麻衣《まい》ちゃんがささやくように教えてくれた。あとでとも子先生に、本読みの宿題をやってくるようにいわれたけど、忘《わす》れてしまうんだ。みんなどうしてあんなに上手なんだろう。

とも子先生が質問《しつもん》すると、「はい。」「はい。」とあちこちから手が上がり、答えていく。先生はそれを黒板に書いていく。ああつまんないなぁ。

そうだ、カマキリがいる。

理科《りか》でこん虫のかんさつをするから、きのうつかまえてきたんだ。ぼくは机《つくえ》の横にかけてある虫かごをノートの上においてみる。

いるいる。こっちを見ている。虫かごから出してみようかな。三角の顔がじっとしている。ぼくも三角を見る。三角がキョロキョロ動く。何を見ているのかな。

いつの間にかしずかになって、みんなのノートに書いているえんぴつの走る音が聞こえる。とも子先生が机《つくえ》の間を、みんなのノートをのぞきこみながら回っている。ついにとも子先生と三角の目が合ったみたい。しまった。とも子先生はびっくりしたようだ。でも何も言わずに通りすぎていった。よかったぁ。

ややっこしい計算

とも子先生が計算のプリントを配った。足し算と引き算の問題がいっぱいだ。見ただけで頭がいたくなるよ。

470＋837＝ えっと0と7で7、7と3で0、1くり上がって1と4と8でうーん13、だから1307か。次の引き算403−265 ええっと。

おい、三角、お前は勉強がないからいいな。ぼくのかわりにやってくれよ。おい、かまを上げておこっているのかい。

こわしちゃった

学年ドッジボール大会で負けてしまったよ。くやしい。女の子は、どんどんボールに当たっちゃうし、ぼくは高津《たかつ》君が投げたボールを後ろにのがしてしまうし。原《はら》君や山田《やまだ》君がボールを回したんだけど相手はにげるのが速い。

ぼくは何だかはらがたってきた。教室にもどってきてから、ボールを強くボー

ル入れに投げ入れたらボキッと音がしてこわれてしまったんだ。しまった、とぼくはあわてたよ。クラスのみんなは、

「翔太《しょうた》がこわした、翔太《しょうた》がこわした。」

と攻《せ》めてくる。高津《たかつ》君が、

「みんなで直そうよ。」

と、ガムテープを持ってきてこわれたところをとめようとするがすぐくずれる。ほかの男の子もてつだってくれる。でも橋本《はしもと》君はさけぶ。

「翔太《しょうた》がこわしたから翔太《しょうた》が直せばいいんだよ。」

とも子先生がやって来て、

「ああ、それはむりね。作業員《さぎょういん》さんにおねがいをしようよ。」

といったので、みんなはあきらめたんだ。

「教室でボールを投げちゃだめよ。」

給食《きゅうしょく》の時間、「いただきます。」をしたが、

「先生、翔太君《しょうた》がいません。」

と、となりの麻衣《まい》ちゃんが大声を出している。

クラスのみんながガヤガヤしているのをとなりの学習《がくしゅう》準備室《じゅんびしつ》でぼくはすわりこんで聞いていた。

「翔太《しょうた》君、どうしたの。給食《きゅうしょく》食べないの。」

とも子先生がやってきた。

「食べたくないんです。」

「あっ、そう。こまったわね。」

それから次々と男の子たちが、今日の給食《きゅうしょく》は大好《だいす》きな揚《あ》げパンだよとか、もやしスープがおいしいよとかいってくる。ぼくのおなかはグーグー鳴っている。

ついにとも子先生がぼくの給食《きゅうしょく》を持ってきてくれた。

「ボールをいっぱい投げたんでしょう。」

おうい三角、ごはんまだでごめんな。

ちょこちゃんの雨の日

せっかくのお休みに、雨はこまるなあ。お母さんは、何だかブツブツ言っている。

朝ごはんの後、ずっとまどから外を見ていたちょこちゃんは、つぶやいている。

「アジサイのお花もびっしょりだね。あっ、赤いかさの人が歩いているよ。」

「ねえ、お母さん、さんぽに行こうよ。」

「えっ、公園に行ってもブランコにもすべり台にものれないよ。びちょびちょになるよ。」

ある日の保育園《ほいくえん》の帰り道

そういえば雨の日の保育園《ほいくえん》の帰り道にこんなことがあった。

ちょこちゃんの雨の日

先生にさよならしたとたん、カッパを着たちょこちゃんは、かさをふりまわしながら歩き出した。かさのしずくがプルンプルンととびちるのは面白くて、わざわざ水たまりばかり見つけて長ぐつでバシャバシャ入っていく。

ちょこちゃんとお母さんは、かさをさして大好《だいす》きな公園の入り口にやってきた。木々の葉っぱや草花の葉っぱから雨のしずくがポタポタ落ちている。いつも明るい公園もきょうは何だかうす暗くてちょっとこわそう。

池のはしにやってきたちょこちゃん

は、何かを見つけたようだ。

「あっ、赤い花が浮《う》いている。」

「大きくてきれいだね。すいれんだよ。」

「あれぇ、葉っぱの上に何かいるよ。」

「どこどこ。ああ、雨がえるさんよ。」

「じっと動かないよ。雨にぬれても平気だね。」

ようく見ると、あっちにもこっちにも雨がえるさんが見つかる。はじめて雨がえるさんにお目にかかるちょこちゃん。お母さんとしばらく見とれていた。

♪かえるのうたが　きこえてくるよ
　クワ　クワ　クワ　クワ
　ケケケケ　ケケケケ　クワクワクワ
帰り道は、お母さんが歌い出し、ちょこちゃんも後に続いて追いかけっこになった。

「かえるさんも、お父さん、お母さんがいるんだね。」
「お父さん、お母さんといっぱいの子どもがえるがいるよ。」
「へぇ、にぎやかだね。うるさいね。」

ある雨のお休みの日

また、お休みの日に雨がふった。お母さんがいそがしそうに家の中の仕事をしている間に、ちょこちゃんは、するっとぬけ出して外に出た。ちゃんとかさを持ち、カッパを着ている。かさの上では雨さんが歌っている。

ちょこちゃんの足は公園に向かった。すいれんの池にやってきたちょこちゃん。

「雨がえるさん、きょうはいないのかな。雨がえるさあん、どこにいるのぅ。」

ちょこちゃんは、大声で何回もさけんでいる。

と、とつぜん葉っぱの上に一匹《いっぴき》の雨がえるさんがあらわれた。すると次から次と何かがわいてくるように雨がえるさんが出てくる、出てくる。見る見るうちに葉っぱの上が雨がえるさんでいっぱいになり、ちょこちゃんは目をまるくした。

「ちょこちゃあん、雨がえるのお家《うち》においでぇ。つれて行ってあげるよう。楽しいよう。」

さけんでいた雨がえるさんたちは、ゾロゾロと池からはい上がってきてちょこちゃんをとりかこんだ。かえるさんの体が大きくなっている。あれあれ、ちょこちゃんの体がかってに動き出したよ。

「ここは、どこ。」

「雨がえるのお家《うち》だよ。ようこそ、かわいいお客《きゃく》さん。」

雨がえるさんのお父さんが、ニコニコしながらちょこちゃんの前にやって来た。

ちょこちゃんはびっくりしながら後ろにさがってしまった。

「びっくりしなくていいよ。だいじょうぶ。そうだ、みんなで歌を歌ってあげよう。」

雨がえるさんのお母さんが大きなおなかをつき出しながら大きな声で、「はいっ」と合図《あいず》をとばす。

ちょこちゃんの雨の日

かえるのうたが
　かえるのうたが
　　かえるのうたが
きこえてくるよ
　きこえてくるよ
　　きこえてくるよ
と波のように伝《つた》わり、家中ケロケロがうずまく。
あっちのおくから、こっちのおくからちがう歌も聞こえてきたぞ。
ピンピン　ビイダラ
　ピカンピカン　ガッガッガッ
ピンピン　ビイダラ
　ピカンピカン　ガッガッガッ
グルルッ　グルルッ　イッイッイッ

グルルッ　グルルッ
　イッイッイッ
お家《うち》の中は歌声でパンクしそう
だ。
　あれあれ、かえるさんの体があ
ちこちでゆれ出した。
　前あしを高く上げ、右に左に。
後ろあしもはずんでいる。ちょこ
ちゃんの体もゆれる、ゆれる。
　ビルルッ　ビルルッ
　　ハッハッハッ
　ビルルッ　ビルルッ
　　ハッハッハッ

ピョンピョンピョンピョン　とび上がり、でんぐりがえしもおてのもの。

ケケケケ　ケケケケ

クワクワクワ

ケケケケ　ケケケケ

クワクワクワ

ちょこちゃんの体が、とつぜん宙《ちゅう》に浮《う》いたよ。かえるさんたちがちょこちゃんをのせて動き出し、ズンズン進んですいれんの池のはしでストンと降《お》ろした。

かえるさあん、またね、とさけんだちょこちゃん。お父さん、お母さんに話してみようかなと。

次の雨のお休みの日

せっかくのお休みに雨はこまるなあ。お母さんは、何だかブツブツ言っている。

朝ごはんのあと、ずっとまどガラスにおでこをつけて外を見ていたちょこちゃん。

「アジサイの花もびっしょりだね。あっ、赤いかさの人が歩いている。」とつぶやいている。この前の雨の日に、公園の池の葉っぱにいた雨がえるさん、きょうもいるかな。お母さんは、いそがしそうに家の中を動き回っている。

ちょこちゃんはすばやくカッパを着てかさを持ち、そっと家をでた。プルンプルンかさを回しながら、公園の池のはしにやってきた。

「雨がえるさあん。雨がえるさあん。」

あらら、待っていたようにすいれんの葉っぱの上に一匹《いっぴき》の雨がえるさんがあらわれた。あらら、次々に出てきてあっという間にあちこちの葉っぱが雨がえるさんでいっぱいになったよ。ちょこちゃんは目を丸くした。あれみんなで何かさけんでいる。

「ちょこちゃあん、雨がえるのお家《うち》に遊びにおいで。つれて行ってあげるよ。」

言ったが早いか、ゾロゾロ池からはい上がってきて、ちょこちゃんをとりかこんだ。かえるさんの体がまた大きくなっている。ますます目を丸くしたちょこちゃんの体がかってに動き出したよ。

「ここはどこ。」

「ようこそ、かわいいお客《きゃく》さん。雨がえるのお家《うち》だよ。」

雨がえるの太ったお父さんが体をゆらし、ニコニコしながらちょこちゃんの前にやってきた。この前のお父さんがえるだ。でもちょこちゃんは、その大きさに思わずあとずさりしてしまった。

次の瞬間《しゅんかん》、お父さんがえるの大きな声がとんだ。

「ファンファーレだ、ファンファーレ。」

雨がえるさんのラッパ隊《たい》がケロケロケロと鳴らした。

「もっと高く、もっと大きく。」

ラッパ隊《たい》がおなかをめいっぱいふくらませて、ケロロ　ケロロ　ケロロロロと、ひびかせた。

「次はたいこだ、たいこ。」

たいこ隊《たい》がおなかをつき出して大きな手でパシャ　パシャ　パシャ　パシャ
ピンピンピン。

たいこに合わせて大合唱《だいがっしょう》が始まったぞ。

　ケケケケ　ケケケケ　クワクワクワ
　　ケケケケ　ケケケケ　クワクワクワ。

ちょこちゃんの好《す》きな歌だ。ちょこちゃんのくちびるが動き、いつのまにかいっしょに歌っている。

歌いながら雨がえるさんたちの体がゆれ出した。おどり出した。歌いながら手をふり足を上げ体をよじっている。ちょこちゃんもみんなの中にまじっているよ。

　ケケケケ　ケケケケ　クワクワクワ
「ちょこちゃんのおどり、なかなかいいね。ジャンプもやってみようよ。」

「どうしてわたしの名前を知っているの。」

「ずっとちょこちゃんを見ていたよ。ぼく、ぴょんただよ。ジャンプはね、ひざをぐっとまげて、両手を上げてバネのようにとぶんだよ。やってみようよ。みんなもね。」

ちょこちゃんは、ぴょんたくんをようく見て、何度でもとんでみる。

「じょうず、じょうず。もっと高くいこう。ぐるっと回るのもやってみよう。」

「ぴょんたくん、すごい。みんなもすごい。」

息をはずませながら、ちょこちゃんはさけんだ。でんぐりがえしも見せてくれる。

あれれ、雨がえるさんのお家《うち》のてんじょうから雨がもれてきたよ。

ポツポツポツポツ。

だんだん強くなってきたよ。

ビシャビシャビシャビシャ。

みんなの大《だい》好《す》きな雨だ。顔におなかにせなかに大きな雨つぶが。

「雨だ雨だ雨だ。もっとふれぇ、たくさんふれぇ、強くふれぇ。」

ぴょんたくんが、雨に向かってさけんでいる。みんなもさけんでいる。さけびごえが歌のようになってきたね。

「ぽつぽつ雨ぇ、しとしと雨ぇ、ざぁざぁ雨ぇ、どしゃぶり雨ぇ、雨ぇ、雨ぇ、雨ぇ。」

二匹《にひき》ずつあちこちで手をとり合って、おどり出したよ。ぴょんたくんもちょこちゃんの手をとり、右に左に回りながら、みんなの間を泳いでいるようだ。

みんなのせなかにツルンツルン雨つぶが流れてる。

大きな口の中にも雨つぶが。でもちょこちゃんはわらっているよ。

そのうちみんなが一つになり、ちょこちゃんをのせて動き出し、ズンズン進んですいれんの池のはしでストンと降《お》ろし、帰っていった。

「雨がえるさあん、ありがとう。」

ありったけの声を出して、ちょこちゃんは、何度もさけんだ。

そして、お父さん、お母さんに話してみようかな、とつぶやいた。

著者プロフィール
平本 やえこ（ひらもと やえこ）
1947年、富山県生まれ。神奈川県在住。
38年間、公務員として在職。

カバー・本文イラスト／平本 なおこ

折り紙のおばちゃん

2024年２月15日　初版第１刷発行

著　者　平本 やえこ
発行者　瓜谷 綱延
発行所　株式会社文芸社
〒160-0022　東京都新宿区新宿1－10－1
電話　03-5369-3060（代表）
03-5369-2299（販売）

印刷所　図書印刷株式会社

ISBN978-4-286-24916-2　JASRAC 出 2308791-301